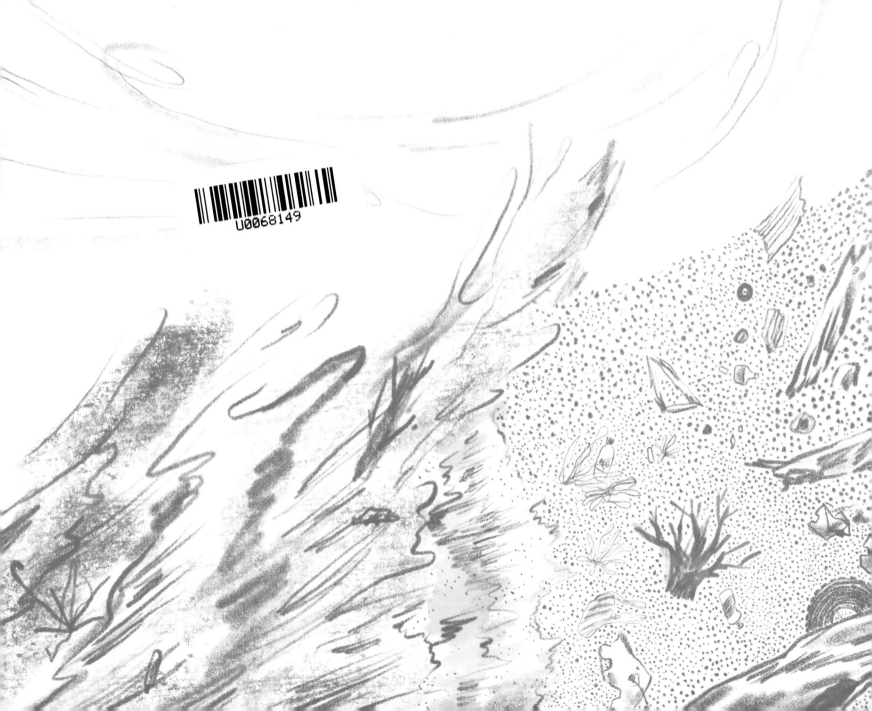

繪本 0280

前面在推什麼啊？

文｜張英珉　圖｜貓魚（本名：蔣孟芸）

責任編輯｜陳毓書　美術設計｜曾偉婷　行銷企劃｜林思妤

生物知識審查者｜林大利（特有生物研究保育中心助理研究員）

天下雜誌群創辦人｜殷允芃　董事長兼執行長｜何琦瑜

兒童產品事業群

副總經理｜林彥傑　總監｜黃雅妮　版權專員｜何晨瑋、黃微真

出版者｜親子天下股份有限公司

地址｜台北市 104 建國北路一段 96 號 4 樓　電話｜（02）2509-2800　傳真｜（02）2509-2462　網址｜www.parenting.com.tw

讀者服務專線｜（02）2662-0332　週一～週五 09:00～17:30　傳真｜（02）2662-6048　客服信箱｜bill@cw.com.tw

法律顧問｜台英國際商務法律事務所・羅明通律師

製版印刷｜中原造像股份有限公司　總經銷｜大和圖書有限公司　電話｜（02）8990-2588

出版日期｜2021 年 10 月第一次印行

定價｜320 元　書號｜BKKP0280P

ISBN｜978-626-305-077-8（精裝）

──────── 訂購服務 ────────

親子天下 Shopping｜shopping.parenting.com.tw　海外・大量訂購｜parenting@cw.com.tw

書香花園｜台北市建國北路二段 6 巷 11 號　電話（02）2506-1635

劃撥帳號｜50331356　親子天下股份有限公司

國家圖書館出版品預行編目 (CIP) 資料

前面在推什麼啊？／張英珉文；貓魚圖. -- 臺北
市：親子天下股份有限公司, 2021.10
30面 ; 25*18.8公分
ISBN 978-626-305-077-8(精裝)

863.599　　　　　　　　　　　　110013362

嘿ㄟ，前ㄑㄧㄢˊ面ㄇㄧㄢˋ在ㄗㄞˋ推ㄊㄨㄟ什ㄕㄣˊ麼ㄇㄜ˙啊ㄚ˙？

立即購買 >

颱風才剛走不久，
海裡就出現一列努力向前推的隊伍，
小海龜好奇的游過去問。
小丑魚回應：「我不知道前面在推什麼耶！」
「我也不知道。」鸚哥魚說。
「是啊，我看前面在推，就跟著推了。」翻車魚說。

雖然不知道在推什麼，
但是大家都很認真。
嘿咻，嘿咻，推得氣喘吁吁。

「前面在推什麼啊？」一隻海鷗看著長長的隊伍，好奇的飛下來問。

「我也不知道——」一隻小烏龜推得正起勁，咬牙說。

「好像是幫忙別人吧，所以我就來了。」
「我飛去前面看看。」海鷗往前飛去看看究竟。

原來隊伍排這麼長， 可是問了半天， 都沒有人知道前面在推什麼。

「那樣推真好玩， 我也要去推， 咩！」羚羊一邊推， 嘴巴一邊咀嚼著草。

「好累喔， 我不想推了。」斑馬轉身離開隊伍。

獅子追上斑馬說：「別跑， 是你找我來推的耶！」

連都市裡的動物都來幫忙推。

推ㄊㄨㄟ啊ㄚ推ㄊㄨㄟ！ 終ㄓㄨㄥ於ㄩ來ㄌㄞ到ㄉㄠ隊ㄉㄨㄟ伍ㄨ最ㄗㄨㄟ前ㄑㄧㄢ面ㄇㄧㄢ，
一ㄧ隻ㄓ小ㄒㄧㄠ螃ㄆㄤ蟹ㄒㄧㄝ不ㄅㄨ停ㄊㄧㄥ大ㄉㄚ喊ㄏㄢ：
「快ㄎㄨㄞ點ㄉㄧㄢ推ㄊㄨㄟ， 大ㄉㄚ石ㄕ頭ㄊㄡ一ㄧ直ㄓ喊ㄏㄢ救ㄐㄧㄡ命ㄇㄧㄥ！」

「原來是 —— 鯨魚！」

糟糕！隊伍太長了，大家推得東倒西歪，
排在隊伍後端的河豚大叫：
「不要亂推，好擠啊，啊呼！」
河豚被擠得身體很不舒服，突然膨脹起來。

「哎呀呀，好刺啊——」
河豚膨脹的尖刺，
刺到身旁的動物們，
隊伍開始搖搖晃晃……

哎呀，大家都往前倒，
最前面的小螃蟹也被推倒了，
牠尖尖的螃蟹螯，
劃過鯨魚的皮膚。

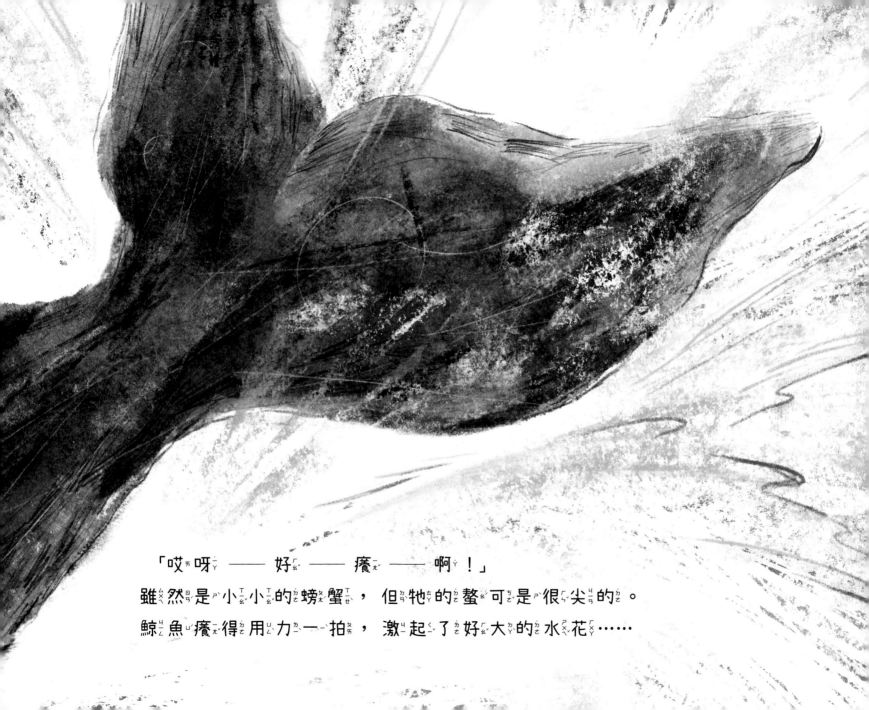

「哎呀 ── 好 ── 癢 ── 啊！」
雖然是小小的螃蟹，但牠的螯可是很尖的。
鯨魚癢得用力一拍，激起了好大的水花……

「哇ㄨㄚ，怎ㄗㄣˇ麼ㄇㄜ˙有ㄧㄡˇ大ㄉㄚˋ海ㄏㄞˇ浪ㄌㄤˋ！」小ㄒㄧㄠˇ海ㄏㄞˇ龜ㄍㄨㄟ大ㄉㄚˋ叫ㄐㄧㄠˋ一ㄧ聲ㄕㄥ，
失ㄕ去ㄑㄩˋ平ㄆㄧㄥˊ衡ㄏㄥˊ，小ㄒㄧㄠˇ海ㄏㄞˇ龜ㄍㄨㄟ向ㄒㄧㄤˋ前ㄑㄧㄢˊ推ㄊㄨㄟ倒ㄉㄠˇ一ㄧ隻ㄓ小ㄒㄧㄠˇ魚ㄩˊ，
一ㄧ隻ㄓ小ㄒㄧㄠˇ魚ㄩˊ撞ㄓㄨㄤˋ倒ㄉㄠˇ翻ㄈㄢ車ㄔㄜ魚ㄩˊ……

隊伍就像一列被推倒的骨牌，
咚咚咚的往前撲倒，
動物們哀叫連連。

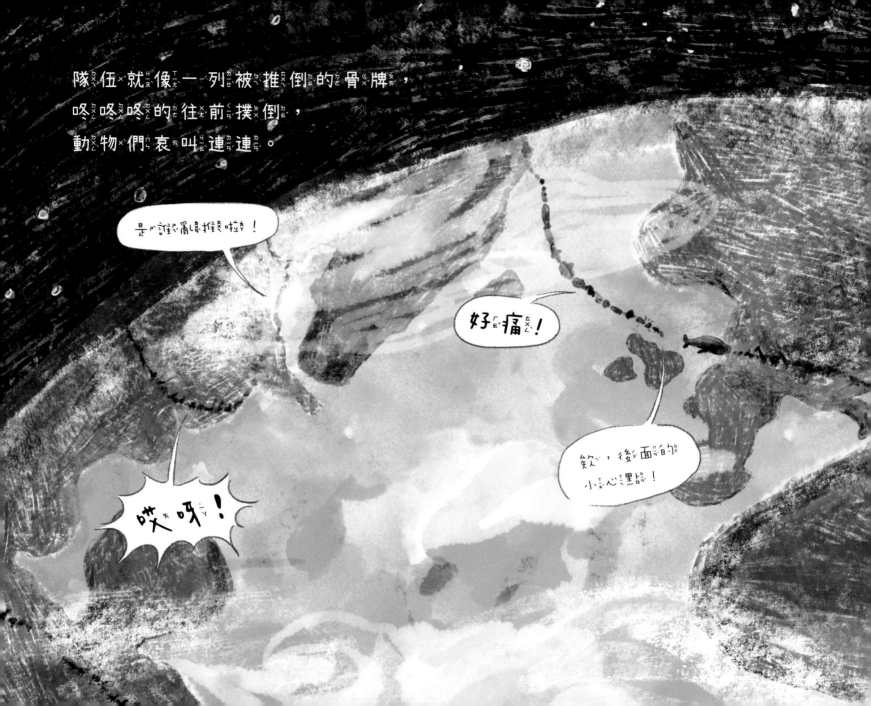

剛《跌倒才又站好的小螃蟹
又被後面的隊伍推倒了，
唉呀，這一次小螃蟹尖尖的螯，
不小心插到鯨魚的肉裡面去。
「好，好，好刺，好癢啊——」
真的太癢了，鯨魚忍不住跳了起來！

大鯨魚癢到不行，全身發抖，

一個大彈跳就像打噴嚏一樣，噴出水花！

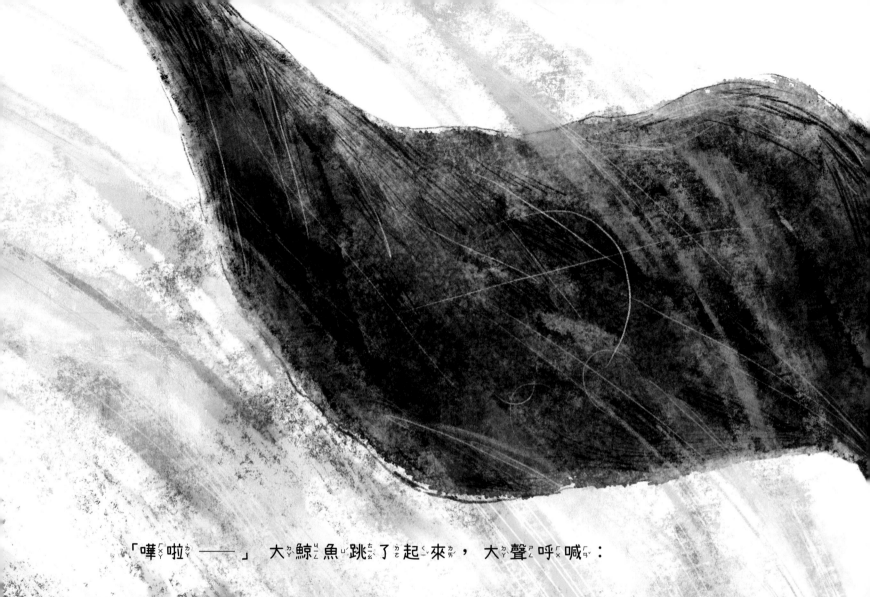

「嘩啦 ── 」大鯨魚跳了起來，大聲呼喊：

大鯨魚回到了海中，興奮的游來游去，
大聲喊著：「謝謝大家的幫忙——」
「不客氣——」
動物們也和大鯨魚說再見，
能幫助鯨魚回到大海，
大家都很激動，真是太好了。

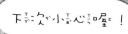
下次小心喔！